AF389655

LES COQUILLAGES DE M. CHABRE

Nouvelle érotique classique

Écrit par
Émile Zola

RETROUVEZ TOUS NOS GRANDS CLASSIQUES ÉROTIQUES

sur www.grandsclassiques.com

1

Le grand chagrin de M. Chabre était de ne pas avoir d'enfant. Il avait épousé une demoiselle Catinot, de la maison Desvignes et Catinot, la blonde Estelle, grande belle fille de dix-huit ans ; et, depuis quatre ans, il attendait anxieux, consterné, blessé de l'inutilité de ses efforts.

M. Chabre était un ancien marchand de grains retiré.

Il avait une belle fortune. Bien qu'il eût mené la vie chaste d'un bourgeois enfoncé dans l'idée fixe de devenir millionnaire, il traînait à quarante-cinq ans des jambes alourdies de vieillard. Sa face blême, usée par les soucis de l'argent, était plate et banale comme un trottoir. Et il se désespérait, car un homme qui a gagné cinquante mille francs de rentes a certes le droit de s'étonner qu'il soit plus difficile d'être père que d'être riche.

La belle Mme Chabre avait alors vingt-deux ans. Elle était adorable avec son teint de pêche mûre, ses cheveux couleur de soleil, envolés sur sa nuque. Ses yeux d'un bleu-vert semblaient une eau dormante, sous laquelle il était malaisé de lire. Quand son mari se plaignait de la stérilité de leur union, elle redressait sa taille souple, elle développait l'ampleur de ses hanches et de sa gorge ; et le sourire qui pinçait le coin de ses lèvres disait clairement : « Est-ce de ma faute ? » D'ailleurs dans le cercle de ses relations, Mme Chabre était regardée comme une personne d'une éducation parfaite, incapable de faire causer d'elle, suffisamment dévote, nourrie enfin dans les bonnes traditions bourgeoises par une mère rigide. Seules, les ailes fines de son petit nez blanc avaient parfois des battements nerveux, qui auraient inquiété un autre mari qu'un ancien marchand de grains.

Cependant, le médecin de la famille, le docteur Guiraud, gros homme fin et souriant, avait eu déjà plusieurs conversations particulières avec M. Chabre. Il lui expliquait combien la science est encore en retard. Mon Dieu ! Non, on ne plantait pas un enfant comme un chêne. Pourtant ne voulant désespérer personne, il lui avait promis de songer à son cas. Et, un matin de juillet, il vint lui dire :

— Vous devriez partir pour les bains de mer, cher monsieur… Oui, c'est excellent. Et surtout mangez beaucoup de coquillages, ne mangez que des coquillages.

— Des coquillages, docteur ? Vous croyez que des coquillages… ?

— Parfaitement ! On a vu le traitement réussir. Entendez-vous, tous les jours des huîtres, des moules, des clovisses, des oursins, des arapèdes, même des homards et des langoustes.

Puis, comme il se retirait, il ajouta négligemment, sur le seuil de la porte :

— Ne vous enterrez pas, Mme Chabre est jeune et a besoin de distractions… Allez à Trouville. L'air y est très bon.

Trois jours après, le ménage Chabre partait. Seulement l'ancien marchand de grains avait pensé qu'il était complètement inutile d'aller à Trouville, où il dépenserait un argent fou. On est également bien dans tous les pays pour manger des coquillages ; même dans un pays perdu, les coquillages devaient être plus abondants et moins chers. Quant aux amusements, ils seraient toujours trop nombreux. Ce n'était pas un voyage de plaisir qu'ils faisaient.

Un ami avait enseigné à M. Chabre la petite plage du Pouliguen, près de Saint-Nazaire. Mme Chabre, après un voyage de douze heures, s'ennuya beaucoup, pendant la journée qu'ils passèrent à Saint-Nazaire, dans cette ville naissante, avec ses rues neuves tracées au cordeau, pleines encore de chantiers de construction. Ils allèrent visiter le port, ils se traînèrent dans les rues, où les magasins hésitent entre les épiceries noires des villages et les grandes épiceries luxueuses des villes. Au Pouliguen, il n'y avait plus un seul chalet à louer. Les petites maisons de planches et de plâtre, qui semblent entourer la baie des baraques violemment peinturlurées d'un champ de foire, se trouvaient déjà envahies par les Anglais et par les riches négociants de Nantes. D'ailleurs, Estelle faisait une moue, en face de ces architectures, dans lesquelles des bourgeois artistes avaient donné carrière à leur imagination.

On conseilla aux voyageurs d'aller coucher à Guérande. C'était un dimanche. Quand ils arrivèrent, vers midi, M. Chabre éprouva un saisissement, bien qu'il ne fût pas de nature poétique. La vue de Guérande, de ce bijou féodal si bien conservé, avec son enceinte fortifiée et ses portes profondes, surmontées de mâchicoulis, l'étonna. Estelle regardait la ville silencieuse, entourée des grands arbres de ses promenades ; et, dans l'eau dormante de ses yeux, une rêverie souriait. Mais la voiture roulait toujours, le cheval passa au trot sous une porte, et les roues dansèrent sur le pavé pointu des rues étroites. Les Chabre n'avaient pas échangé une parole.

« Un vrai trou ! murmura enfin l'ancien marchand de grains. Les villages autour de Paris sont mieux bâtis. »

Comme le ménage descendait de voiture devant l'hôtel du Commerce, situé au centre de la ville, à côté de l'église, justement on sortait de la grand-messe. Pendant que son mari s'occupait des bagages, Estelle fit quelques pas, très intéressée par le défilé des fidèles, dont un grand nombre portait des costumes originaux. Il y avait là, en blouse blanche et en culotte bouffante, des paludiers qui vivent dans les marais salants dont le vaste désert s'étale entre Guérande et Le Croisic. Il y avait là aussi des métayers, race complètement distincte, qui portaient la courte veste de drap et le chapeau rond. Mais Estelle fut surtout ravie par le costume riche d'une jeune fille. La coiffe la serrait aux tempes et se terminait en pointe. Sur son corset rouge, garni de larges manches à revers, s'appliquait un plastron de soie broché de fleurs voyantes. Et une ceinture, aux broderies d'or et d'argent, serrait ses trois jupes de drap bleu superposées, plissées à plis serrés ; tandis qu'un long tablier de soie orange descendait, en laissant à découvert ses bas de laine rouge et ses pieds chaussés de petites mules jaunes

— S'il est permis ! dit M. Chabre, qui venait de se planter

derrière sa femme. Il faut être en Bretagne pour voir un pareil carnaval.

Estelle ne répondit pas. Un grand jeune homme, d'une vingtaine d'années, sortait de l'église, en donnant le bras à une vieille dame. Il était très blanc de peau, la mine fière, les cheveux d'un blond fauve. On aurait dit un géant, aux épaules larges, aux membres déjà bossués de muscles, et si tendre, si délicat pourtant, qu'il avait la figure rose d'une jeune fille, sans un poil aux joues. Comme Estelle le regardait fixement, surprise de sa grande beauté, il tourna la tête, la regarda une seconde, et rougit.

— Tiens ! murmura M. Chabre, en voilà un au moins qui a une figure humaine. Ça fera un beau carabinier.

— C'est M. Hector, dit la servante de l'hôtel, qui avait entendu. Il accompagne sa maman, Mme de Plougastel… Oh ! Un enfant bien doux, bien honnête !

Pendant le déjeuner, à table d'hôtes, les Chabre assistèrent à une vive discussion. Le conservateur des hypothèques, qui prenait ses repas à l'hôtel du Commerce, vanta la vie patriarcale de Guérande, surtout les bonnes mœurs de la jeunesse. À l'entendre, c'était l'éducation religieuse qui conservait ainsi l'innocence des habitants. Et il donnait des exemples, il citait des faits. Mais un commis voyageur, arrivé du matin, avec des caisses de bijoux faux, ricanait, en racontant qu'il avait aperçu, le long du chemin, des filles et des garçons qui s'embrassaient derrière les haies. Il aurait voulu voir les gars du pays, si on leur avait mis sous le nez des dames aimables. Et il finit par plaisanter la religion, les curés et les religieuses, si bien que le conservateur des hypothèques jeta sa serviette et s'en alla suffoqué. Les Chabre avaient mangé, sans dire un mot, le mari furieux des choses qu'on entendait dans les tables d'hôtes, la femme paisible et souriante, comme si elle ne comprenait pas.

Pour occuper l'après-midi, le ménage visita Guérande. Dans l'église Saint-Aubin, il faisait une fraîcheur délicieuse. Ils s'y promenèrent doucement, levant les yeux vers les hautes voûtes, sous lesquelles des faisceaux de colonnettes montent comme des fusées de pierre. Ils s'arrêtèrent devant les sculptures étranges des chapiteaux, où l'on voit des bourreaux scier des patients en deux, et les faire cuire sur des grils, tandis qu'ils alimentent le feu avec de gros soufflets. Puis, ils parcoururent les cinq ou six rues de la ville, et M. Chabre garda son opinion : décidément, c'était un trou, sans le moindre commerce, une de ces vieilleries du Moyen Âge, comme on en avait tant démoli déjà. Les rues étaient désertes, bordées de maisons à pignon, qui se tassaient les unes contre les autres, pareilles à de vieilles femmes lasses. Des toits pointus, des poivrières couvertes d'ardoises clouées, des tourelles d'angle, des restes de sculptures usées par le temps faisaient de certains coins silencieux comme des musées dormant au soleil. Estelle, qui lisait des romans depuis qu'elle était mariée, avait des regards langoureux, en examinant les fenêtres à petites vitres garnies de plomb. Elle songeait à Walter Scott.

Mais, quand les Chabre sortirent de la ville pour en faire le tour, ils hochèrent la tête et durent convenir que c'était vraiment gentil. Les murailles de granit se développent sans une brèche, dorées par le soleil, intactes comme au premier jour. Des draperies de lierre et de chèvrefeuille pendent seules des mâchicoulis. Sur les tours, qui flanquent les remparts, des arbustes ont poussé, des genêts d'or, des giroflées de flamme, dont les panaches de fleurs brûlent dans le ciel clair. Et, tout autour de la ville, s'étendent des promenades ombragées de grands arbres, des ormes séculaires, sous lesquels l'herbe pousse. On marche là à petits pas, comme sur un tapis, en longeant les anciens fossés, comblés par endroits, changés plus loin en mares stagnantes, dont les eaux moussues ont d'étranges reflets. Des coups de lumière glissent entre les arbres, éclairent des coins mystérieux, des enfoncements de poterne, où les grenouilles mettent seules leurs sauts brusques et effarés, dans le silence recueilli des siècles morts.

— Il y a dix tours, je les ai comptées ! s'écria M. Chabre, lorsqu'ils furent revenus à leur point de départ.

Les quatre portes de la ville l'avaient surtout frappé, avec leur porche étroit et profond, où une seule voiture pouvait passer à la fois. Est-ce que ce n'était pas ridicule, au XIX siècle, de rester enfermé ainsi ? C'est lui qui aurait rasé les portes, de vraies citadelles, trouées de meurtrières, aux murs si épais, qu'on aurait pu bâtir à leur place deux maisons de six étages !

— Sans compter, ajoutait-il, les matériaux qu'on retirerait également des remparts.

Ils étaient alors sur le Mail, vaste promenade exhaussée, formant un quart de cercle, de la porte de l'est à la porte du sud. Estelle restait songeuse, en face de l'admirable horizon qui s'étendait à des lieues, au-delà des toitures du faubourg.

C'était d'abord une bande de nature puissante, des pins tordus par les vents de la mer, des buissons noueux, toute une végétation d'une verdure noire. Puis s'étendait le désert des marais salants, l'immense plaine nue, avec les miroirs des bassins carrés et les blancheurs des petits tas de sel, qui s'allumaient sur la nappe grise des sables. Et, plus loin, à la limite du ciel, l'océan mettait sa profondeur bleue. Trois voiles, dans ce bleu, semblaient trois hirondelles blanches.

— Voici le jeune homme de ce matin, dit tout à coup M. Chabre. Tu ne trouves pas qu'il ressemble au petit des Larivière ? S'il avait une bosse, ce serait tout à fait ça.

Estelle s'était lentement tournée. Mais Hector, planté au bord du Mail, l'air absorbé, lui aussi, par la vue lointaine de la mer, ne parut pas s'apercevoir qu'on le regardait. Alors la jeune femme se remit lentement à marcher. Elle s'appuyait sur la longue canne de son ombrelle. Au bout d'une dizaine de pas, le nœud de l'ombrelle se détacha. Et les Chabre entendirent une voix derrière eux.

— Madame, madame…

C'était Hector qui avait ramassé le nœud.

Mille fois merci, monsieur, dit Estelle avec son tranquille sourire.

Il était bien doux, bien honnête, ce garçon. Il plut tout de suite à M. Chabre, qui lui confia son embarras sur le choix d'une plage et lui demanda même des renseignements. Hector, très timide, balbutiait.

— Je ne crois pas que vous trouviez ce que vous cherchez

ni au Croisic ni au bourg de Batz, dit-il en montrant les clochers de ces petites villes à l'horizon. Je vous conseille d'aller à Piriac…

Et il fournit des détails. Piriac était à trois lieues. Il avait un oncle dans les environs. Enfin, sur une question de M. Chabre, il affirma que les coquillages s'y trouvaient en abondance.

La jeune femme tapait l'herbe rase du bout de son ombrelle. Le jeune homme ne levait pas les yeux sur elle, comme très embarrassé par sa présence.

— Une bien jolie ville que Guérande, monsieur, finit par dire Estelle de sa voix flûtée.

— Oh ! bien jolie, balbutia Hector, en la dévorant brusquement du regard.

2

Un matin, trois jours après l'installation du ménage à Piriac, M. Chabre, debout sur la plate-forme de la jetée qui protège le petit port, surveillait placidement le bain d'Estelle, en train de faire la planche. Le soleil était déjà très chaud ; et, correctement habillé, en redingote noire et en chapeau de feutre, il s'abritait sous une ombrelle de touriste, à doublure verte.

— Est-elle bonne ? demanda-t-il pour avoir l'air de s'intéresser au bain de sa femme.

— Très bonne ! répondit Estelle, en se remettant sur le ventre.

Jamais M. Chabre ne se baignait. Il avait une grande terreur de l'eau, qu'il dissimulait en disant que les médecins lui défendaient formellement les bains de mer. Quand une vague, sur le sable, roulait jusqu'à ses semelles, il se reculait avec un tressaillement, comme devant une bête méchante montrant les dents. D'ailleurs, l'eau aurait dérangé sa correction habituelle, il la trouvait malpropre et inconvenante.

— Alors, elle est bonne ? répéta-t-il, étourdi par la chaleur, pris d'une somnolence inquiète sur ce bout de jetée.

Estelle ne répondit pas, battant l'eau de ses bras, nageant en chien. D'une hardiesse garçonnière, elle se baignait pendant des heures, ce qui consternait son mari, car il croyait décent de l'attendre sur le bord. À Piriac, Estelle avait trouvé le bain qu'elle aimait. Elle dédaignait la plage en pente, qu'il faut descendre longtemps, avant d'enfoncer jusqu'à la ceinture. Elle se rendait à l'extrémité de la jetée, enveloppée dans son peignoir de molleton blanc, le laissait glisser de ses épaules et piquait tranquillement une tête. Il lui fallait six mètres de fond, disait-elle, pour ne pas se cogner aux rochers. Son costume de bain sans jupe, fait d'une seule pièce, dessinait sa haute taille ; et la longue ceinture bleue qui lui ceignait les reins, la cambrait, les hanches balancées d'un mouvement rythmique. Dans l'eau claire, les cheveux emprisonnés sous un bonnet de caoutchouc, d'où s'échappaient des mèches folles, elle avait la souplesse d'un poisson bleuâtre, à tête de femme, inquiétante et rose.

M. Chabre était là depuis un quart d'heure, sous le soleil ardent. Trois fois déjà, il avait consulté sa montre. Il finit par se hasarder à dire timidement :

— Tu restes bien longtemps, ma bonne… Tu devrais sortir, les bains si longs te fatiguent.

— Mais j'entre à peine ! cria la jeune femme. On est comme dans du lait.

Puis se remettant sur le dos :

— Si tu t'ennuies, tu peux t'en aller… Je n'ai pas besoin de toi.

Il protesta de la tête, il déclara qu'un malheur est si vite arrivé ! Et Estelle souriait, en songeant de quel beau secours lui serait son mari, si elle était prise d'une crampe. Mais, brusquement, elle regarda de l'autre côté de la jetée, dans la baie qui se creuse à gauche du village.

— Tiens ! dit-elle, qu'est-ce qu'il y a donc là-bas ? Je vais voir.

Et elle fila rapidement, par brassées longues et régulières.

— Estelle ! Estelle ! criait M. Chabre. Veux-tu bien ne pas t'éloigner ! Tu sais que je déteste les imprudences.

Mais Estelle ne l'écoutait pas, il dut se résigner. Debout, se haussant pour suivre la tâche blanche que le chapeau de paille de sa femme faisait sur l'eau, il se contenta de changer de main son ombrelle, sous laquelle l'air surchauffé le suffoquait de plus en plus.

— Qu'a-t-elle donc vu ? murmurait-il. Ah ! oui, cette chose qui flotte là-bas… Quelque saleté. Un paquet d'algues, bien sûr. Ou un baril… Tiens ! non, ça bouge.

Et, tout d'un coup, il reconnut l'objet.

— Mais c'est un monsieur qui nage !

Estelle, cependant, après quelques brassées, avait aussi parfaitement reconnu que c'était un monsieur. Alors elle cessa de nager droit à lui, ce qu'elle sentait peu convenable. Mais, par coquetterie, heureuse de montrer sa hardiesse, elle ne revint pas à la jetée, elle continua de se diriger vers la pleine mer. Elle avançait paisiblement, sans paraître apercevoir le nageur. Celui-ci, comme si un courant l'avait porté, obliquait peu à peu vers elle. Puis, quand elle se tourna pour revenir à la jetée, il y eut une rencontre qui parut toute fortuite.

— Madame, votre santé est bonne ? demanda poliment le monsieur.

— Tiens, c'est vous ! monsieur ! dit gaiement Estelle.

Et elle ajouta avec un léger rire :

— Comme on se retrouve tout de même !

C'était le jeune Hector de Plougastel. Il restait très timide, très fort et très rose dans l'eau. Un instant, ils nagèrent sans parler, à une distance décente. Ils étaient obligés de hausser la voix pour s'entendre. Pourtant, Estelle crut devoir se montrer polie.

— Nous vous remercions de nous avoir indiqué Piriac… Mon mari est enchanté.

— C'est votre mari, n'est-ce pas, ce monsieur tout seul qui est là-bas sur la jetée ? demanda Hector.

— Oui, monsieur, répondit-elle.

Et ils se turent de nouveau. Ils regardaient le mari, grand comme un insecte noir, au-dessus de la mer. M. Chabre, très intrigué, se haussait davantage, en se demandant quelle connaissance sa femme avait bien pu rencontrer en plein océan. C'était indubitable, sa femme causait avec le monsieur. Il les voyait tourner la tête l'un vers l'autre. Ce devait être un de leurs amis de Paris. Mais il avait beau chercher, il ne trouvait personne dans leurs relations qui aurait osé s'aventurer ainsi. Et il attendait, en imprimant à son ombrelle un mouvement de toupie, pour se distraire.

— Oui, expliquait Hector à la belle Mme Chabre, je suis venu passer quelques jours chez mon oncle, dont vous apercevez là-bas le château, à mi-côte. Alors, tous les jours, pour prendre mon bain, je pars de cette pointe, en face de la terrasse, et je vais jusqu'à la jetée. Puis, je retourne. En tout, deux kilomètres. C'est un exercice excellent… Mais vous, madame, vous êtes très brave. Je n'ai jamais vu une dame aussi brave.

— Oh ! dit Estelle, toute petite j'ai pataugé… L'eau me connaît bien. Nous sommes de vieilles amies.

Peu à peu, ils se rapprochaient pour ne pas avoir à crier si fort. La mer, par cette chaude matinée, dormait, pareille à un vaste pan de moire. Des plaques de satin s'étendaient, puis des bandes qui ressemblaient à une étoffe plissée, s'allongeaient, s'agrandissaient, portant au loin le léger frisson des courants. Quand ils furent près l'un de l'autre, la conversation devint plus intime.

L'admirable journée ! Et Hector indiquait à Estelle plusieurs points de côte. Là, ce village, à un kilomètre de Piriac, c'était Port-aux-Loups ; en face, se trouvait le Morbihan, dont les falaises blanches se détachaient avec netteté d'une touche d'aquarelle ; enfin, de l'autre côté, vers la pleine mer, l'île Dumet faisait une tache grise, au milieu de l'eau bleue. Estelle, à chaque indication, suivait le doigt d'Hector, s'arrêtait pour regarder. Et cela l'amusait de voir ces côtes lointaines, les yeux au ras de l'eau, dans un infini limpide. Quand elle se tournait vers le soleil, c'était un éblouissement, la mer semblait se changer en un Sahara sans bornes, avec la réverbération aveuglante de l'astre sur l'immensité décolorée des sables…

— Comme c'est beau ! murmurait-elle, comme c'est beau !

Elle se mit sur le dos pour se reposer. Elle ne bougeait plus, les mains en croix, la tête rejetée en arrière, s'abandonnant. Et ses jambes blanches, ses bras blancs flottaient.

— Alors, vous êtes né à Guérande, monsieur ? demanda-t-elle.

Afin de causer plus commodément, Hector se mit également sur le dos.

— Oui, madame, répondit-il. Je ne suis jamais allé qu'une fois à Nantes.

Il donna des détails sur son éducation. Il avait grandi auprès de sa mère, qui était d'une dévotion étroite, et qui gardait intactes les traditions de l'ancienne noblesse. Son précepteur, un prêtre, lui avait appris à peu près ce qu'on apprend dans les collèges, en y ajoutant beaucoup de catéchisme et de blason. Il montait à cheval, tirait l'épée, était rompu aux exercices de corps. Et, avec cela, il semblait avoir une innocence de vierge, car il communiait tous les huit jours, ne lisait jamais de romans, et devait épouser à sa majorité une cousine à lui, qui était laide.

— Comment ! Vous avez vingt ans à peine ! s'écria Estelle, en jetant un coup d'œil étonné sur ce colosse enfant.

Elle devint maternelle. Cette fleur de la forte race bretonne l'intéressait. Mais, comme ils restaient tous deux sur le dos, les yeux perdus dans la transparence du ciel, ne s'inquiétant plus autrement de la terre, ils furent poussés si près l'un de l'autre qu'il la heurta légèrement.

— Oh ! pardon ! dit-il.

Il plongea, reparut quatre mètres plus loin. Elle s'était remise à nager et riait beaucoup.

— C'est un abordage, criait-elle.

Lui, était très rouge. Il se rapprochait, en la regardant sournoisement. Elle lui semblait délicieuse, sous son chapeau de paille rabattu. On ne voyait que son visage, dont le menton à fossette trempait dans l'eau. Quelques gouttes tombant des mèches blondes échappées du bonnet mettaient des perles dans le duvet de ses joues. Et rien n'était exquis comme ce sourire, cette tête de jolie femme qui avançait à petit bruit, en ne laissant derrière elle qu'un filet d'argent.

Hector devint plus rouge encore, lorsqu'il s'aperçut qu'Estelle se savait regardée et s'égayait de la singulière figure qu'il devait faire.

— Monsieur votre mari paraît s'impatienter, dit-il pour renouer la conversation.

— Oh ! non, répondit-elle tranquillement, il a l'habitude de m'attendre, quand je prends mon bain.

À la vérité, M. Chabre s'agitait. Il faisait quatre pas en avant, revenait, puis repartait, en imprimant à son ombrelle un mouvement de rotation plus vif, dans l'espoir de se donner de l'air. La conversation de sa femme avec le nageur inconnu commençait à le surprendre.

Estelle songea tout à coup qu'il n'avait peut-être pas reconnu Hector.

— Je vais lui crier que c'est vous, dit-elle.

Et, lorsqu'elle put être entendue de la jetée, elle haussa la voix.

— Tu sais, mon ami, c'est ce monsieur de Guérande qui a été si aimable.

— Ah ! très bien, très bien, cria à son tour M. Chabre.

Il ôta son chapeau et salua.

— L'eau est bonne, monsieur ? demanda-t-il avec politesse.

— Très bonne, monsieur, répondit Hector.

Le bain continua sous les yeux du mari, qui n'osait plus se plaindre, bien que ses pieds fussent cuits par les pierres brûlantes. Au bout de la jetée, la mer était d'une transparence admirable. On apercevait nettement le fond, à quatre ou cinq mètres, avec son sable fin, ses quelques galets mettant une tache noire ou blanche, ses herbes minces, debout, balançant leurs longs cheveux.

Et ce fond limpide amusait beaucoup Estelle. Elle nageait doucement, pour ne pas trop agiter la surface ; puis, penchée, avec de l'eau jusqu'au nez, elle regardait sous elle se dérouler le sable et les galets, dans la mystérieuse et vague profondeur. Les herbes surtout lui donnaient un léger frisson, lorsqu'elle passait au-dessus d'elles. C'étaient des nappes verdâtres, comme vivantes, remuant des feuilles découpées et pareilles à un fourmillement de pattes de crabes, les unes courtes, ramassées, tapies entre deux roches, les autres dégingandées, allongées et souples ainsi que des serpents. Elle jetait de petits cris, annonçant ses découvertes.

— Oh ! cette grosse pierre ! On dirait qu'elle bouge… Oh ! cet arbre, un vrai arbre, avec des branches ! Oh ! Ça, c'est un poisson ! Il file raide.

Puis, tout à coup, elle se récria.

— Qu'est-ce que c'est donc ? un bouquet de mariée !… Comment ! Il y a des bouquets de mariée dans la mer ?… Voyez, si on ne dirait pas des fleurs blanches. C'est très joli, très joli…

Aussitôt Hector plongea. Et il reparut, tenant une poignée d'herbes blanchâtres, qui tombèrent et se fanèrent en sortant de l'eau.

— Je vous remercie bien, dit Estelle. Il ne fallait pas vous donner la peine… Tiens ! mon ami, garde-moi ça.

Et elle jeta la poignée d'herbes aux pieds de M. Chabre. Pendant un instant encore, la jeune femme et le jeune homme nagèrent. Ils faisaient une écume bouillonnante, avançaient par brassées saccadées. Puis, tout à coup, leur nage semblait s'endormir, ils glissaient avec lenteur, en élargissant seulement autour d'eux des cercles qui oscillaient et se mouraient. C'était comme une intimité discrète et sensuelle de se rouler ainsi dans le même flot. Hector, à mesure que l'eau se refermait sur le corps fuyant d'Estelle, cherchait à se glisser dans le sillage qu'elle laissait, à retrouver la place et la tiédeur de ses membres. Autour d'eux, la mer s'était calmée encore, d'un bleu dont la pâleur tournait au rose.

— Ma bonne, tu vas prendre froid, murmura M. Chabre qui suait à grosses gouttes.

— Je sors, mon ami, répondit-elle.

Elle sortit en effet, remonta vivement à l'aide d'une chaîne, le long du talus oblique de la jetée. Hector devait guetter sa sortie. Mais, quand il leva la tête au bruit de pluie qu'elle faisait, elle était déjà sur la plate-forme, enveloppée dans son peignoir. Il eut une figure si surprise et si contrariée, qu'elle sourit, en grelottant un peu ; et elle grelottait, parce qu'elle se savait charmante, agitée ainsi d'un frisson, grande, détachant sa silhouette drapée sur le ciel.

Le jeune homme dut prendre congé.

— Au plaisir de vous revoir, monsieur, dit le mari.

Et, pendant qu'Estelle, en courant sur les dalles de la jetée, suivait au-dessus de l'eau la tête d'Hector qui retraversait la baie, M. Chabre venait derrière elle, gravement, tenant à la main l'herbe marine cueillie par le jeune homme, le bras tendu pour ne pas mouiller sa redingote.

3

Les Chabre avaient loué à Piriac le premier étage d'une grande maison, dont les fenêtres donnaient sur la mer. Comme on ne trouvait dans le village que des cabarets borgnes, ils avaient dû prendre une femme du pays qui leur faisait la cuisine. Une étrange cuisine par exemple, des rôtis réduits en charbon et des sauces de couleur inquiétante, devant lesquelles Estelle préférait manger du pain. Mais, comme le disait M. Chabre, on n'était pas venu pour la gourmandise. Lui, d'ailleurs, ne touchait guère aux rôtis ni aux sauces. Il se bourrait de coquillages, matin et soir, avec une conviction d'homme qui s'administre une médecine. Le pis était qu'il détestait ces bêtes inconnues, aux formes bizarres, élevé dans une cuisine bourgeoise, fade et lavée, ayant un goût d'enfant pour les sucreries. Les coquillages lui emportaient la bouche, salés, poivrés, de saveurs si imprévues et si fortes, qu'il ne pouvait dissimuler une grimace en les avalant ; mais il aurait avalé les coquilles, s'il avait fallu, tant il s'entêtait dans son désir d'être père.

« Ma bonne, tu n'en manges pas ! criait-il souvent à Estelle. »

Il exigeait qu'elle en mangeât autant que lui. C'était nécessaire pour le résultat, disait-il. Et des discussions s'engageaient. Estelle prétendait que le docteur Guiraud n'avait pas parlé d'elle. Mais lui, répondait qu'il était logique de se soumettre l'un et l'autre au traitement. Alors, la jeune femme pinçait les lèvres, jetait de clairs regards sur l'obésité blême de son mari. Un irrésistible sourire creusait légèrement la fossette de son menton. Elle n'ajoutait rien, n'aimant à blesser personne. Même ayant découvert un parc d'huîtres, elle avait fini par en manger une douzaine à chacun de ses repas. Ce n'était point que, personnellement, elle eût besoin d'huîtres, mais elle les adorait.

La vie, à Piriac, était d'une monotonie ensommeillée. Il y avait seulement trois familles de baigneurs, un épicier en gros de Nantes, un ancien notaire de Guérande, homme sourd et naïf, un ménage d'Angers qui pêchait toute la journée, avec de l'eau jusqu'à la ceinture. Ce petit monde faisait peu de bruit. On se saluait, quand on se rencontrait, et les relations n'allaient pas plus loin. Sur le quai désert, la grosse émotion était de voir de loin en loin deux chiens se battre.

Estelle, habituée au vacarme de Paris, se serait ennuyée mortellement, si Hector n'avait fini par leur rendre visite tous les jours. Il devint le grand ami de M. Chabre, à la suite d'une promenade qu'ils firent ensemble sur la côte. M. Chabre, dans un moment d'expansion, confia au jeune homme le motif de leur voyage, tout en choisissant les termes les plus chastes pour ne pas offenser la pureté de ce grand garçon. Lorsqu'il eut expliqué scientifiquement pourquoi il mangeait tant de co-quillages, Hector, stupéfié, oubliant de rougir, le regarda de la tête aux pieds, sans songer à cacher sa surprise qu'un homme pût avoir besoin de se mettre à un tel régime. Cependant, le lendemain, il s'était présenté avec un petit panier plein de clovisses, que l'ancien marchand de grains avait accepté d'un air de reconnaissance. Et, depuis ce jour, très habile à toutes les pêches, connaissant chaque roche de la baie, il ne venait plus sans apporter des coquillages. Il lui fit manger des moules superbes qu'il allait ramasser à mer basse, des oursins qu'il ouvrait et nettoyait en se piquant les doigts, des arapèdes qu'il détachait des rochers avec la pointe d'un couteau, toutes sortes de bêtes qu'il appelait de noms barbares, et auxquelles il n'avait jamais goûté lui-même. M. Chabre, enchanté, n'ayant plus à débourser un sou, se confondait en remerciements.

Maintenant, Hector trouvait toujours un prétexte pour entrer. Chaque fois qu'il arrivait avec son petit panier, et qu'il rencontrait Estelle, il disait la même phrase : « J'apporte des coquillages pour M. Chabre. »

Et tous les deux souriaient, les yeux rapetissés et luisants. Les coquillages de M. Chabre les amusaient.

Dès lors, Estelle trouva Piriac charmant. Chaque jour, après le bain, elle faisait une promenade avec Hector. Son mari les suivait à distance, car ses jambes étaient lourdes, et ils allaient souvent trop vite pour lui. Hector montrait à la jeune femme les anciennes splendeurs de Piriac, des restes de sculptures, des portes et des fenêtres à rinceaux, très délicatement travaillées. Aujourd'hui, la ville de jadis est un village perdu, aux rues barrées de fumier, étranglées entre des masures noires. Mais la solitude y est si douce qu'Estelle enjambait les coulées d'ordure, intéressée par le moindre bout de muraille, jetant des coups d'œil surpris dans les intérieurs des habitants, où tout un bric-à-brac de misère traînait sur la terre battue. Hector l'arrêtait devant les figuiers superbes, aux larges feuilles de cuir velu, dont les jardins sont plantés, et qui allongent leurs branches par-dessus les clôtures basses. Ils entraient dans les ruelles les plus étroites, ils se penchaient sur les margelles des puits au fond desquels ils apercevaient leurs images souriantes, dans l'eau claire, blanche comme une glace ; tandis que derrière eux, M. Chabre digérait ses coquillages, abrité sous la percaline verte de son ombrelle, qu'il ne quittait jamais.

Une des grandes gaietés d'Estelle était les oies et les cochons, qui se promenaient en bandes, librement. Dans les premiers temps, elle avait eu très peur des cochons, dont les allures brusques, les masses de graisse roulant sur des pattes minces, lui donnaient la continuelle inquiétude d'être heurtée et renversée ; ils étaient aussi bien sales, le ventre noir de boue, le groin barbouillé, ronflant à terre. Mais Hector lui avait juré que les cochons étaient les meilleurs enfants du monde. Et, maintenant, elle s'amusait de leurs courses inquiètes à l'heure de la pâtée, elle s'émerveillait de leur robe de soie rose, d'une fraîcheur de robe de bal quand il avait plu. Les oies aussi l'occupaient. Dans un trou à fumier, au bout d'une ruelle, souvent deux bandes d'oies arrivaient, chacune de son côté. Elles semblaient se saluer d'un claquement de bec, se mêlaient, happaient ensemble des épluchures de légumes.

Une, en l'air, au sommet du tas, l'œil rond, le cou raidi, comme calée sur ses pattes et gonflant le duvet blanc de sa panse, avait une majesté tranquille de souverain, au grand nez jaune ; tandis que les autres, le cou plié, cherchaient à terre, avec une musique rauque. Puis, brusquement, la grande oie descendait en jetant un cri ; et les oies de sa bande la suivaient, tous les cous allongés du même côté, filant en mesure dans un déhanchement d'animaux infirmes. Si un chien passait, les cous se tendaient davantage et sifflaient. Alors, la jeune femme battait des mains, suivait le défilé majestueux des deux sociétés qui rentraient chez elles, en personnes graves appelées par des affaires importantes. Un des amusements était encore de voir se baigner les cochons et les oies, qui descendaient l'après-midi sur la plage prendre leur bain, comme des hommes.

Le premier dimanche, Estelle crut devoir aller à la messe. Elle ne pratiquait pas à Paris. Mais, à la campagne, la messe était une distraction, une occasion de s'habiller et de voir du monde. D'ailleurs, elle y retrouva Hector lisant dans un énorme paroissien à reliure usée. Par-dessus le livre, il ne cessa de la regarder, les lèvres sérieuses, mais les yeux si luisants, qu'on y devinait des sourires. À la sortie, il lui offrit le bras, pour traverser le petit cimetière qui entoure l'église. Et, l'après-midi, après les vêpres, il y eut un autre spectacle, une procession à un calvaire planté au bout du village. Un paysan marchait le premier, tenant une bannière de soie violette brochée d'or, à hampe rouge. Puis, deux longues files de femmes s'espaçaient largement. Les prêtres venaient au milieu, un curé, un vicaire et le précepteur d'un château voisin, chantant à pleine voix. Enfin, derrière, à la suite d'une bannière blanche portée par une grosse fille aux bras hâlés, piétinait la queue des fidèles qui se traînait avec un fort bruit de sabots, pareille à un troupeau débandé. Quand la procession passa sur le pont, les bannières et les coiffes blanches des femmes se détachèrent au loin sur le bleu ardent de la mer ; et ce lent cortège dans le soleil prit une grande pureté.

Le cimetière attendrissait beaucoup Estelle. Elle n'aimait pas les choses tristes d'habitude. Le jour de son arrivée, elle avait eu un frisson, en apercevant toutes ces tombes qui se trouvaient sous sa fenêtre. L'église était sur le port, entourée des croix, dont les bras se tendaient vers l'immensité des eaux et du ciel ; et, les nuits de vent, les souffles du large pleuraient dans cette forêt de planches noires. Mais elle s'était vite habituée à ce deuil, tant le petit cimetière avait une douceur gaie. Les morts semblaient y sourire, au milieu des vivants qui les coudoyaient. Comme le cimetière était clos d'un mur bas, à hauteur d'appui, et qu'il bouchait le passage au centre même de Piriac, les gens ne se gênaient point pour enjamber le mur et suivre les allées, à peine tracées dans les hautes herbes. Les enfants jouaient là, une débandade d'enfants lâchés au travers des dalles de granit. Des chats blottis sous des arbustes bondissaient brusquement, se poursuivaient ; souvent, on y entendait des miaulements de chattes amoureuses, dont on voyait les silhouettes hérissées et les grandes queues balayant l'air. C'était un coin délicieux, envahi par les végétations folles, planté de fenouils gigantesques aux larges ombrelles jaunes, d'une odeur si pénétrante, qu'après les journées chaudes, des souffles d'anis, venus des tombes, embaumaient Piriac tout entier. Et, la nuit, quel champ tranquille et tendre ! La paix du village endormi semblait sortir du cimetière. L'ombre effaçait les croix, des promeneurs attardés s'asseyaient sur des bancs de granit, contre le mur, pendant que la mer, en face, roulait ses vagues, dont la brise apportait la poussière salée.

Estelle, un soir qu'elle rentrait au bras d'Hector, eut l'envie de traverser le champ désert. M. Chabre trouva l'idée romanesque et protesta en suivant le quai. Elle dut quitter le bras du jeune homme, tant l'allée était étroite. Au milieu des hautes herbes, sa jupe faisait un long bruit. L'odeur des fenouils était si forte, que les chattes amoureuses ne se sauvaient point, pâmées sous les verdures. Comme ils entraient dans l'ombre de l'église, elle sentit à sa taille la main d'Hector. Elle eut peur et jeta un cri.

— C'est bête ! dit-elle, quand ils sortirent de l'ombre, j'ai cru qu'un revenant m'emportait.

Hector se mit à rire et donna une explication.

— Oh ! une branche, quelque fenouil qui a fouetté vos jupes.

Ils s'arrêtèrent, regardèrent les croix autour d'eux, ce profond calme de la mort qui les attendrissait ; et, sans ajouter un mot, ils s'en allèrent, très troublés.

— Tu as eu peur, je t'ai entendue, dit M. Chabre. C'est bien fait !

À la mer haute, par distraction, on allait voir arriver les bateaux de sardines. Lorsqu'une voile se dirigeait vers le port, Hector la signalait au ménage. Mais le mari, dès le sixième bateau, avait déclaré que c'était toujours la même chose. Estelle, au contraire, ne paraissait pas se lasser, trouvait un plaisir de plus en plus vif à se rendre sur la jetée. Il fallait courir souvent. Elle sautait sur les grosses pierres descellées, laissait voler ses jupes qu'elle empoignait d'une main, afin de ne pas tomber. Elle étouffait, en arrivant, les mains à son corsage, renversée en arrière pour reprendre haleine. Et Hector la trouvait adorable ainsi, décoiffée, l'air hardi, avec son allure garçonnière. Cependant, le bateau était amarré, les pêcheurs montaient les paniers de sardines, qui avaient des reflets d'argent au soleil, des bleus et des roses de saphir et de rubis pâles. Alors, le jeune homme fournissait toujours les mêmes explications : chaque panier contenait mille sardines, le mille valait un prix fixé chaque matin suivant l'abondance de la pêche, les pêcheurs partageaient le produit de la vente, après avoir abandonné un tiers pour le propriétaire du bateau. Et il y avait encore la salaison qui se faisait tout de suite, dans des caisses de bois percées de trous, pour laisser l'eau de la saumure s'égoutter. Cependant, peu à peu, Estelle et son compagnon négligèrent les sardines. Ils allèrent encore les voir, mais ils ne les regardaient plus. Ils partaient en courant, revenaient avec une lenteur lasse, en contemplant silencieusement la mer.

— Est-ce que la sardine est belle ? leur demandait chaque fois M. Chabre au retour.

— Oui, très belle, répondaient-ils.

Enfin, le dimanche soir, on avait à Piriac le spectacle d'un bal en plein air. Les gars et les filles du pays, les mains nouées, tournaient pendant des heures, en répétant le même vers, sur le même ton sourd et fortement rythmé. Ces grosses voix, ronflant au fond du crépuscule, prenaient à la longue un charme barbare. Estelle, assise sur la plage, ayant à ses pieds Hector, écoutait, se perdait bientôt dans une rêverie. La mer montait, avec un large bruit de caresse. On aurait dit une voix de passion, quand la vague battait le sable ; puis, cette voix s'apaisait tout d'un coup, et le cri se mourait avec l'eau qui se retirait, dans un murmure plaintif d'amour dompté. La jeune femme rêvait d'être aimée ainsi, par un géant dont elle aurait fait un petit garçon.

— Tu dois t'ennuyer à Piriac, ma bonne, demandait parfois M. Chabre à sa femme.

Et elle se hâtait de répondre :

— Mais non, mon ami, je t'assure.

Elle s'amusait, dans ce trou perdu. Les oies, les cochons, les sardines, prenaient une importance extrême. Le petit cimetière était très gai. Cette vie endormie, cette solitude peuplée seulement de l'épicier de Nantes et du notaire sourd de Guérande, lui semblait plus tumultueuse que l'existence bruyante des plages à la mode. Au bout de quinze jours, M. Chabre, qui s'ennuyait à mourir, voulut rentrer à Paris. L'effet des coquillages, disait-il, devait être produit. Mais elle se récria.

— Oh ! Mon ami, tu n'en as pas mangé assez… Je sais bien, moi, qu'il t'en faut encore.

4

Un soir, Hector dit au ménage :

« Nous aurons demain une grande marée… On pourrait aller pêcher des crevettes. »

La proposition parut ravir Estelle. Oui, oui, il fallait aller pêcher des crevettes ! Depuis longtemps, elle se promettait cette partie. M. Chabre éleva des objections. D'abord, on ne prenait jamais rien. Ensuite, il était plus simple d'acheter, pour une pièce de vingt sous, la pêche de quelque femme du pays, sans se mouiller jusqu'aux reins et s'écorcher les pieds. Mais il dut céder devant l'enthousiasme de sa femme. Et les préparatifs furent considérables.

Hector s'était chargé de fournir les filets. M. Chabre, malgré sa peur de l'eau froide, avait déclaré qu'il serait de la partie ; et, du moment qu'il consentait à pêcher, il entendait pêcher sérieusement. Le matin, il fit graisser une paire de bottes. Puis, il s'habilla entièrement de toile claire ; mais sa femme ne put obtenir qu'il négligeât son nœud de cravate, dont il étala les bouts, comme s'il se rendait à un mariage. Ce nœud était sa protestation d'homme comme il faut contre le débraillé de l'océan. Quant à Estelle, elle mit simplement son costume de bain, par-dessus lequel elle passa une camisole. Hector, lui aussi, était en costume de bain.

Tous trois partirent vers deux heures. Chacun portait son filet sur l'épaule. On avait une demi-heure à marcher au milieu des sables et des varechs, pour se rendre à une roche où Hector disait connaître de véritables bancs de crevettes. Il conduisit le ménage, tranquille, traversant les flaques, allant droit devant lui sans s'inquiéter des hasards du chemin. Estelle le suivait gaillardement, heureuse de la fraîcheur de ces terrains mouillés, dans lesquels ses petits pieds pataugeaient. M. Chabre, qui venait le dernier, ne voyait pas la nécessité de tremper ses bottes, avant d'être arrivé sur le lieu de la pêche. Il faisait avec conscience le tour des mares, sautait les ruisseaux que les eaux descendantes se creusaient dans le sable, choisissait les endroits secs, avec cette allure prudente et balancée d'un Parisien qui chercherait la pointe des pavés de la rue Vivienne, un jour de boue. Il soufflait déjà, il demandait à chaque instant :

— C'est donc bien loin, M. Hector ? Tenez ! Pourquoi ne pêchons-nous pas là ? Je vois des crevettes, je vous assure… D'ailleurs il y en a partout dans la mer, n'est-ce pas ? Et je parie qu'il suffit de pousser son filet.

— Poussez, poussez, M. Chabre, répondait Hector.

Et M. Chabre, pour respirer, donnait un coup de filet dans une mare grande comme la main. Il ne prenait rien, pas même une herbe, tant le trou d'eau était vide et clair. Alors, il se remettait en marche d'un air digne, les lèvres pincées. Mais, comme il perdait du chemin à vouloir prouver qu'il devait y avoir des crevettes partout, il finissait par se trouver considérablement en arrière.

La mer baissait toujours, se reculait à plus d'un kilomètre des côtes. Le fond de galets et de roches se vidait, étalant à perte de vue un désert mouillé, raboteux, d'une grandeur triste, pareil à un large pays plat qu'un orage aurait dévasté. On ne voyait, au loin, que la ligne verte de la mer, s'abaissant encore, comme si la terre l'avait bue ; tandis que des rochers noirs, en longues bandes étroites, surgissaient, allongeaient lentement des promontoires dans l'eau morte. Estelle, debout, regardait cette immensité nue.

— Que c'est grand ! murmura-t-elle.

Hector lui désignait du doigt certains rochers, des blocs verdis, formant des parquets usés par la houle.

— Celui-ci, expliquait-il, ne se découvre que deux fois chaque mois. On va y chercher des moules… Apercevez-vous là-bas cette tache brune ? Ce sont les « Vaches-Rousses », le meilleur endroit pour les homards. On les voit seulement aux deux grandes marées de l'année… Mais dépêchons-nous. Nous allons à ces roches dont la pointe commence à se montrer.

Lorsqu'Estelle entra dans la mer, ce fut une joie. Elle levait les pieds très haut, les tapait fortement, en riant du rejaillissement de l'écume. Puis, quand elle eut de l'eau jusqu'aux genoux, il lui fallut lutter contre le flot ; et cela l'égayait de marcher si vite, de sentir cette résistance, ce glissement rude et continu qui fouettait ses jambes.

— N'ayez pas peur, disait Hector, vous allez avoir de l'eau jusqu'à la ceinture, mais le fond remonte ensuite… Nous arrivons.

Peu à peu, ils remontèrent en effet. Ils avaient traversé un petit bras de mer, et se trouvaient maintenant sur une large plaque de rochers que le flot découvrait. Lorsque la jeune femme se retourna, elle poussa un léger cri, tant elle était loin du bord. Piriac, tout là-bas, au ras de la côte, alignait les quelques taches de ses maisons blanches et la tour carrée de son église, garnie de volets verts. Jamais elle n'avait vu une pareille étendue, rayée sous le grand soleil par l'or des sables, la verdure sombre des algues, les tons mouillés et éclatants des roches. C'était comme la fin de la terre, le champ de ruines où le néant commençait.

Estelle et Hector s'apprêtaient à donner leur premier coup de filet, quand une voix lamentable se fit entendre. M. Chabre, planté au milieu du petit bras de mer, demandait son chemin.

— Par où passe-t-on ? criait-il. Dites, est-ce tout droit ?

L'eau lui montait à la ceinture, il n'osait hasarder un pas, terrifié par la pensée qu'il pouvait tomber dans un trou et disparaître.

— À gauche ! lui cria Hector.

Il avança à gauche : mais, comme il enfonçait toujours, il s'arrêta de nouveau, saisi, n'ayant même plus le courage de retourner en arrière. Il se lamentait.

— Venez me donner la main. Je vous assure qu'il y a des trous. Je le sens.

— À droite ! M. Chabre, à droite ! cria Hector.

Et le pauvre homme était si drôle, au milieu de l'eau avec son filet sur l'épaule et son beau nœud de cravate, qu'Estelle et

Hector ne purent retenir un léger rire. Enfin, il se tira d'affaire. Mais il arriva très ému, et il dit d'un air furieux :

— Je ne sais pas nager, moi !

Ce qui l'inquiétait maintenant, c'était le retour. Quand le jeune homme lui eut expliqué qu'il ne fallait pas se laisser prendre sur le rocher par la marée montante, il redevint anxieux.

— Vous me préviendrez, n'est-ce pas ?

— N'ayez pas peur, je réponds de vous.

Alors, ils se remirent tous les trois à pêcher. De leurs filets étroits, ils fouillaient les trous. Estelle y apportait une passion de femme. Ce fut elle qui prit les premières crevettes, trois grosses crevettes rouges, qui sautaient violemment au fond du filet. Avec de grands cris, elle appela Hector pour qu'il l'aidât, car ces bêtes si vives l'inquiétaient ; mais, quand elle vit qu'elles ne bougeaient plus, dès qu'on les tenait par la tête, elle s'aguerrit, les glissa très bien elle-même dans le petit panier qu'elle tenait en bandoulière. Parfois, elle amenait tout un paquet d'herbes, et il lui fallait fouiller là-dedans, lorsqu'un bruit sec, un petit bruit d'ailes, l'avertissait qu'il y avait des crevettes au fond. Elle triait les herbes délicatement, les rejetant par minces pincées, peu rassurée devant cet enchevêtrement d'étranges feuilles, gluantes et molles comme des poissons morts. De temps à autre, elle regardait dans son panier, impatiente de le voir se remplir.

— C'est particulier, répétait M. Chabre, je n'en pêche pas une.

Comme il n'osait se hasarder entre les fentes des rochers,

très gêné d'ailleurs par ses grandes bottes qui s'étaient emplies d'eau, il poussait son filet sur le sable et n'attrapait que des crabes, cinq, huit, dix crabes à la fois. Il en avait une peur affreuse, il se battait avec eux, pour les chasser de son filet. Par moments, il se retournait, regardait avec anxiété si la mer descendait toujours.

« Vous êtes sûr qu'elle descend ? » demandait-il à Hector.

Celui-ci se contentait de hocher la tête. Lui, pêchait en gaillard qui connaissait les bons endroits. Aussi, à chaque coup, amenait-il des poignées de crevettes. Quand il levait son filet à côté d'Estelle, il mettait sa pêche dans le panier de la jeune femme. Et elle riait, clignant les yeux du côté de son mari, posant un doigt sur ses lèvres. Elle était charmante, courbée sur le long manche de bois ou bien penchant sa tête blonde au-dessus du filet, tout allumée de la curiosité de savoir ce qu'elle avait pris. Une brise soufflait, l'eau qui s'égouttait des mailles s'en allait en pluie, la mettait dans une rosée, tandis que son costume, s'envolant et plaquant sur elle, dessinait l'élégance de son fin profil.

Depuis près de deux heures, ils pêchaient ainsi, lorsqu'elle arrêta pour respirer un instant, essoufflée, ses petits cheveux fauves trempés de sueur. Autour d'elle, le désert restait immense, d'une paix souveraine ; seule, la mer prenait un frisson, avec une voix murmurante qui s'enflait. Le ciel, embrasé par le soleil de quatre heures, était d'un bleu pâle, presque gris ; et, malgré ce ton décoloré de fournaise, la chaleur ne se sentait pas, une fraîcheur montait de l'eau, balayait et blanchissait la clarté crue. Mais ce qui amusa Estelle, ce fut de voir à l'horizon, sur tous les rochers, une multitude de points qui se détachaient en noir, très nettement. C'étaient, comme eux, des pêcheurs de crevettes, d'une finesse de silhouette incroyable, pas plus gros que des fourmis, ridicules de néant dans cette immensité, et dont on distinguait les moindres attitudes, la ligne arrondie du dos, quand ils poussaient leurs filets, ou les bras tendus et gesticulants, pareils à des pattes fiévreuses de mouche, lorsqu'ils triaient leur pêche, en se battant contre les herbes et les crabes.

— Je vous assure qu'elle monte ! cria M. Chabre avec angoisse. Tenez ! Ce rocher tout à l'heure était découvert.

— Sans doute elle monte, finit par répondre Hector impatienté. C'est justement lorsqu'elle monte qu'on prend le plus de crevettes.

Mais M. Chabre perdait la tête. Dans son dernier coup de filet, il venait d'amener un poisson étrange, un diable de mer, qui le terrifiait, avec sa tête de monstre. Il en avait assez.

— Allons-nous-en ! Allons-nous-en, répétait-il. C'est bête de faire des imprudences.

— Puisqu'on te dit que la pêche est meilleure quand la mer monte ! répondait sa femme.

— Et elle monte ferme ! ajoutait à demi-voix Hector, les yeux allumés d'une lueur de méchanceté.

En effet, les vagues s'allongeaient, mangeaient les rochers avec une clameur plus haute. Des flots brusques envahissaient d'un coup toute une langue de terre. C'était la mer conquérante, reprenant pied à pied le domaine qu'elle balayait de sa houle depuis des siècles. Estelle avait découvert une mare plantée de longues herbes, souples comme des cheveux, et elle y prenait des crevettes énormes, s'ouvrant un sillon, laissant derrière elle la trouée d'un faucheur. Elle se débattait, elle ne voulait pas qu'on l'arrachât de là.

— Tant pis ! Je m'en vais ! s'écria M. Chabre, qui avait des larmes dans la voix. Il n'y a pas de bon sens, nous allons tous y rester.

Il partit le premier, sondant avec désespoir la profondeur des trous, à l'aide du manche de son filet. Quand il fut à deux ou trois cent pas, Hector décida enfin Estelle de le suivre.

— Nous allons avoir de l'eau jusqu'aux épaules, disait-il en souriant. Un vrai bain pour M. Chabre… Voyez déjà comme il enfonce !

Depuis le départ, le jeune homme avait la mine sournoise et préoccupée d'un amoureux qui s'est promis de lâcher une déclaration et qui n'en trouve pas le courage. En mettant des crevettes dans le panier d'Estelle, il avait bien tâché de rencontrer ses doigts. Mais, évidemment, il était furieux de son peu d'audace. Et M. Chabre se serait noyé, qu'il aurait trouvé cela charmant, car pour la première fois, M. Chabre le gênait.

— Vous ne savez pas ? dit-il tout d'un coup, vous devriez monter sur mon dos, et je vous porterai… Autrement, vous allez être trempée… Hein ? montez donc !

Il lui tendit l'échine. Elle refusait, gênée et rougissante. Mais il la bouscula, en criant qu'il était responsable de sa santé. Et elle monta, elle posa les deux mains sur les épaules du jeune homme. Lui, solide comme un roc, redressant l'échine, semblait avoir un oiseau sur son cou. Il lui dit de bien se tenir, et s'avança à grandes enjambées dans l'eau.

— C'est à droite, n'est-ce pas ? M. Hector, criait la voix lamentable de M. Chabre, dont le flot battait déjà les reins.

— Oui, à droite, toujours à droite.

Alors, comme le mari tournait le dos, grelottant de peur en sentant la mer lui monter aux aisselles, Hector se risqua, baisa une des petites mains qu'il avait sur les épaules. Estelle voulut les retirer, mais il lui dit de ne pas bouger, ou qu'il ne répondait de rien. Et il se remit à couvrir les mains de baisers. Elles étaient fraîches et salées, il buvait sur elles les voluptés amères de l'océan.

— Je vous en prie, laissez-moi, répétait Estelle, en affectant un air courroucé. Vous abusez étrangement… Je saute dans l'eau, si vous recommencez.

Il recommençait, et elle ne sautait pas. Il la serrait étroitement aux chevilles, il lui dévorait toujours les mains, sans dire une parole, guettant seulement ce qu'on voyait encore du dos de M. Chabre, un reste de dos tragique qui manquait de sombrer à chaque pas.

— Vous dites à droite ? implora le mari.

— À gauche, si vous voulez !

M. Chabre fit un pas à gauche et poussa un cri. Il venait de s'enfoncer jusqu'au cou, son nœud de cravate se noyait. Hector, tout à l'aise, lâcha son aveu.

— Je vous aime, madame…

— Taisez-vous, monsieur, je vous l'ordonne.

— Je vous aime, je vous adore… Jusqu'à présent, le respect m'a fermé la bouche…

Il ne la regardait pas, il continuait ses longues enjambées, avec de l'eau jusqu'à la poitrine. Elle ne put retenir un grand rire, tant la situation lui sembla drôle.

— Allons, taisez-vous, reprit-elle maternellement, en lui donnant une claque sur l'épaule. Soyez sage et ne versez pas surtout !

Cette claque remplit Hector d'enchantement : c'était signé. Et, comme le mari restait en détresse :

— Tout droit maintenant, lui cria gaiement le jeune homme.

Quand ils furent arrivés sur la plage, M. Chabre voulut commencer une explication.

— J'ai failli y rester, ma parole d'honneur ! bégayait-il. Ce sont mes bottes…

Mais Estelle ouvrit son panier et le lui montra plein de crevettes.

— Comment ? Tu as pêché tout ça ! s'écria-t-il stupéfait. Tu pêches joliment !

— Oh ! dit-elle, souriante, en regardant Hector, monsieur m'a montré.

5

Les Chabre ne devaient plus passer que deux jours à Piriac. Hector semblait consterné, furieux et humble pourtant. Quant à M. Chabre, il interrogeait sa santé chaque matin et se montrait perplexe.

— Vous ne pouvez pas quitter la côte sans avoir vu les rochers du Castelli, dit un soir Hector. Il faudrait organiser pour demain une promenade.

Et il donna des explications. Les rochers se trouvaient à un kilomètre seulement. Ils longeaient la mer sur une demi-lieue d'étendue, creusés de grottes, effondrés par les vagues. À l'entendre rien n'était plus sauvage.

— Eh bien ! Nous irons demain, finit par dire Estelle. La route est-elle difficile ?

— Non, il y a deux où trois passages où l'on se mouille les pieds, voilà tout.

Mais M. Chabre ne voulait plus même se mouiller les pieds. Depuis son bain de la pêche aux crevettes, il nourrissait contre la mer une rancune. Aussi se montra-t-il très hostile à ce projet de promenade. C'était ridicule d'aller se risquer ainsi ; lui, d'abord, ne descendrait pas au milieu de ces rochers, car il n'avait point envie de se casser les jambes, en sautant comme une chèvre ; il les accompagnerait par le haut de la falaise, s'il le fallait absolument ; et encore faisait-il là une grande concession.

— Écoutez, dit-il, vous passerez devant le sémaphore du Castelli. Et bien ! Vous pourrez entrer et acheter des coquillages aux hommes du télégraphe… Ils en ont toujours de superbes, qu'ils donnent presque pour rien.

— Ça, c'est une idée, reprit l'ancien marchand de grains, remis de belle humeur… J'emporterai un petit panier, je m'en bourrerai encore une fois.

Et, se tournant vers sa femme, avec une intention gaillarde :

— Dis, ce sera peut-être la bonne ?

Le lendemain, il fallut attendre la marée basse pour se mettre en marche. Puis, comme Estelle n'était pas prête, on s'attarda, on ne partit qu'à cinq heures du soir. Hector affirmait pourtant qu'on ne serait pas gagné par la haute mer. La jeune femme avait ses pieds nus dans des bottines de coutil. Elle portait gaillardement une robe de toile grise, très courte, qu'elle relevait et qui découvrait ses fines chevilles. Quant à M. Chabre, il était correctement en pantalon blanc et en paletot d'alpaga. Il avait pris son ombrelle et il tenait un petit panier, de l'air convaincu d'un bourgeois parisien allant faire lui-même son marché.

La route fut pénible pour arriver aux premières roches. On marchait sur une plage de sable mouvant, dans laquelle les pieds entraient. L'ancien marchand de grains soufflait comme un bœuf.

— Et bien ! Je vous laisse, je monte là-haut, dit-il enfin.

— C'est cela, prenez ce sentier, répondit Hector. Plus loin, vous seriez bloqué… Vous ne voulez pas qu'on vous aide ?

Et ils le regardèrent gagner le sommet de la falaise. Lorsqu'il y fut, il ouvrit son ombrelle et balança son panier en criant :

— J'y suis, on est mieux là ! Et pas d'imprudence, n'est-ce pas ? D'ailleurs je vous surveille.

Hector et Estelle s'engagèrent au milieu des roches. Le jeune homme, chaussé de hautes bottines, marchait le premier, sautait de pierre en pierre avec la grâce forte et l'adresse d'un chasseur de montagne. Estelle très hardie, choisissait les mêmes pierres ; lorsqu'il se retournait pour lui demander :

— Voulez-vous que je vous donne la main ?

— Mais non, répondait-elle. Vous me croyez donc une grand-mère !

Ils étaient alors sur un vaste parquet de granit, que la mer avait usé, en le creusant de sillons profonds. On aurait dit les arêtes de quelque monstre perçant le sable, mettant au ras du sol la carcasse de ses vertèbres disloquées. Dans les creux, des filets d'eau coulaient, des algues noires retombaient comme des chevelures. Tous deux continuaient à sauter, restant en équilibre par instants, éclatant de rire quand un caillou roulait.

— On est comme chez soi, répétait gaiement Estelle. On les mettrait dans son salon, vos rochers !

— Attendez, attendez ! disait Hector. Vous allez voir.

Ils arrivaient à un étroit passage, à une sorte de fente, qui bâillait entre deux énormes blocs. Là dans une cuvette, il y avait une mare, un trou d'eau qui bouchait le chemin.

— Mais jamais je ne passerai ! s'écria la jeune femme.

Lui, proposa de la porter. Elle refusa d'un long signe de tête : elle ne voulait plus être portée. Alors, il chercha partout de grosses pierres, il essaya d'établir un pont. Les pierres glissaient, tombaient au fond de l'eau.

— Donnez-moi la main, je vais sauter, finit-elle par dire, prise d'impatience.

Et elle sauta trop court, un de ses pieds resta dans la mare. Cela les fit rire. Puis, comme ils sortaient de l'étroit passage, elle laissa échapper un cri d'admiration.

Une crique se creusait, emplie d'un écroulement gigantesque de roches. Des blocs énormes se tenaient debout, comme des sentinelles avancées, postées au milieu des vagues. Le long des falaises, les gros temps avaient mangé la terre, ne laissant que les masses dénudées du granit ; et c'étaient des baies enfoncées entre des promontoires, des détours brusques déroulant des salles intérieures, des bancs de marbre noirâtre allongés sur le sable, pareils à de grands poissons échoués. On aurait dit une ville cyclopéenne prise d'assaut et dévastée par la mer, avec ses remparts renversés, ses tours à demi démolies, ses édifices culbutés les uns sur les autres. Hector fit visiter à la jeune femme les moindres recoins de cette ruine des tempêtes. Elle marchait sur des sables fins et jaunes comme une poudre d'or, sur des galets que des paillettes de mica allumaient au soleil, sur des éboulements de rocs où elle devait par moments s'aider de ses deux mains, pour ne pas rouler dans les trous. Elle passait sous des portiques naturels, sous des arcs de triomphe qui affectaient le plein cintre de l'art roman et l'ogive élancée de l'art gothique. Elle descendait dans des creux pleins de fraîcheur, au fond de déserts de dix mètres carrés, amusée par les chardons bleuâtres et les plantes grasses d'un vert sombre qui tachaient les murailles grises des falaises, intéressée par des oiseaux de mer familiers, de petits oiseaux bruns, volant à la portée de sa main, avec un léger cri cadencé et continu. Et ce qui l'émerveillait surtout, c'était du milieu des roches, de se retourner et de retrouver toujours la mer dont la ligne bleue reparaissait et s'élargissait entre chaque bloc dans sa grandeur tranquille.

— Ah ! vous voilà ! cria M. Chabre du haut de la falaise. J'étais inquiet, je vous avais perdus… Dites donc, c'est effrayant ces gouffres !

Il était à six pas du bord, prudemment, abrité par son ombrelle, son panier passé au bras. Il ajouta :

— Elle monte joliment vite, prenez garde !

— Nous avons le temps, n'ayez pas peur, répondit Hector.

Estelle, qui s'était assise, restait sans parole devant l'immense horizon. En face d'elle, trois piliers de granit, arrondis, par le flot, se dressaient, pareils aux colonnes géantes d'un temple détruit. Et, derrière, la haute mer s'étendait sous la lumière dorée de six heures, d'un bleu de roi pailleté d'or. Une petite voile, très loin, entre deux piliers, mettait une tache d'un blanc éclatant, comme une aile de mouette rasant l'eau. Du ciel pâle, la sérénité prochaine du crépuscule tombait déjà. Jamais Estelle ne s'était sentie pénétrée d'une volupté si vaste et si tendre.

— Venez, lui dit doucement Hector, en la touchant de la main.

Elle tressaillit, elle se leva, prise de langueur et d'abandon.

— C'est le sémaphore, n'est-ce pas, cette maisonnette avec ce mât ? cria M. Chabre. Je vais chercher des coquillages, je vous rattraperai.

Alors, Estelle, pour secouer la paresse molle dont elle était envahie, se mit à courir comme une enfant. Elle enjambait les flaques, elle s'avançait vers la mer, saisie du caprice de monter au sommet d'un entassement de rocs, qui devaient former une île à marée haute. Et, lorsque, après une ascension laborieuse au milieu des crevasses, elle atteignit le sommet, elle se hissa sur la pierre la plus élevée, elle fut heureuse de dominer la dévastation tragique de la côte. Son mince profil se détachait dans l'air pur, sa jupe claquait au vent ainsi qu'un drapeau.

Et, en redescendant, elle se pencha sur tous les trous qu'elle rencontra. C'étaient, dans les moindres cavités, de petits lacs tranquilles et dormants, des eaux d'une limpidité parfaite, dont les clairs miroirs réfléchissaient le ciel. Au fond, des herbes d'un vert d'émeraude plantaient des forêts romantiques. Seuls, de gros crabes noirs sautaient, pareils à des grenouilles, et disparaissaient, sans même troubler l'eau. La jeune femme restait rêveuse, comme si elle eût fouillé du regard des pays mystérieux, de vastes contrées inconnues et heureuses.

Quand ils furent revenus au pied des falaises, elle s'aperçut que son compagnon avait empli son mouchoir d'arapèdes.

— C'est pour M. Chabre, dit-il. Je vais lui monter.

Justement, M. Chabre arrivait, désolé.

— Ils n'ont pas seulement une moule au sémaphore, cria-t-il. Je ne voulais pas venir, j'avais raison.

Mais, lorsque le jeune homme lui eut montré de loin les arapèdes, il se calma. Et il resta stupéfié de l'agilité avec laquelle celui-ci grimpait, par un chemin connu de lui seul, le long d'une roche qui semblait lisse comme une muraille. La descente fut plus audacieuse encore.

— Ce n'est rien, disait Hector, un vrai escalier, seulement, il faut savoir où sont les marches.

M. Chabre voulait qu'on retournât en arrière, la mer devenait inquiétante. Et il suppliait sa femme de remonter au moins, de chercher un petit chemin commode. Le jeune homme riait, en répondant qu'il n'y avait point de chemin pour les dames, qu'il fallait maintenant aller jusqu'au bout. D'ailleurs, ils n'avaient pas vu les grottes. Alors, M. Chabre dut se mettre à suivre la crête des falaises. Comme le soleil se couchait, il ferma son ombrelle et s'en servit en guise de canne. De l'autre main, il portait son panier d'arapèdes.

— Vous êtes lasse ? demanda doucement Hector.

— Oui, un peu, répondit Estelle.

Elle accepta son bras. Elle n'était point lasse, mais un abandon délicieux l'envahissait de plus en plus. L'émotion qu'elle venait d'éprouver, en voyant le jeune homme suspendu aux flancs des roches, lui avait laissé un tremblement intérieur. Ils s'avancèrent avec lenteur sur une grève ; sous leurs pieds, le gravier, fait de débris de coquillages, criait comme dans les allées d'un jardin ; et ils ne parlaient plus. Il lui montra deux larges fissures, *Le Trou du moine fou* et *La Grotte du chat*. Elle entra, leva les yeux, eut seulement un petit frisson. Quand ils reprirent leur marche, le long d'un beau sable fin, ils se regardèrent, ils restèrent encore muets et souriants. La mer montait, par courtes lames bruissantes, et ils ne l'entendaient pas. M. Chabre, au-dessus deux, se mit à crier, et ils ne l'entendirent pas davantage.

— Mais c'est fou ! répétait l'ancien marchand de grains, en agitant son ombrelle et son panier d'arapèdes. Estelle ! monsieur Hector ! Écoutez donc ! Vous allez être gagnés ! Vous avez déjà les pieds dans l'eau !

Eux ne sentaient point la fraîcheur des petites vagues.

— Hein ? Qu'y a-t-il ? finit par murmurer la jeune femme.

— Ah ! c'est vous, M. Chabre ! dit le jeune homme. Ça ne fait rien, n'ayez pas peur… Nous n'avons plus à voir que *La Grotte à madame*.

M. Chabre eut un geste de désespoir, en ajoutant :

— C'est de la démence ! Vous allez vous noyer.

Ils n'écoutaient déjà plus. Pour échapper à la marée croissante, ils s'avancèrent le long des rochers, et arrivèrent enfin à *La Grotte à madame*. C'était une excavation creusée dans un bloc de granit, qui formait un promontoire. La voûte, très élevée, s'arrondissait en large dôme. Pendant les tempêtes, le travail des eaux avait donné aux murs un poli et un luisant d'agate. Des veines roses et bleues, dans la pâte sombre du roc, dessinaient des arabesques d'un goût magnifique et barbare, comme si des artistes sauvages eussent décoré cette salle de bains des reines de la mer. Les graviers du sol, mouillés encore, gardaient une transparence qui les faisait ressembler à un lit de pierres précieuses. Au fond, il y avait un banc de sable, doux et sec, d'un jaune pâle, presque blanc.

Estelle s'était assise sur le sable. Elle examinait la grotte.

— On vivrait là, murmura-t-elle.

Mais Hector, qui paraissait guetter la mer depuis un instant, affecta brusquement une consternation.

— Ah ! mon Dieu ! Nous sommes pris ! Voilà le flot qui nous a coupé le chemin… Nous en avons pour deux heures à attendre.

Il sortit, chercha M. Chabre, en levant la tête. M. Chabre était sur la falaise, juste au-dessus de la grotte, et quand le jeune homme lui eut annoncé qu'ils étaient bloqués :

— Qu'est-ce que je vous disais ? cria-t-il triomphalement, mais vous ne voulez jamais m'écouter ! Y a-t-il quelque danger ?

— Aucun, répondit Hector. La mer n'entre que de cinq ou six mètres dans la grotte. Seulement, ne vous inquiétez pas, nous ne pourrons en sortir avant deux heures.

M. Chabre se fâcha. Alors on ne dînera pas ? Il avait déjà faim, lui ! C'était une drôle de partie tout de même ! Puis, en grognant, il s'assit sur l'herbe courte, il mit son ombrelle à sa gauche et son panier d'arapèdes à sa droite.

— J'attendrai, il le faut bien ! cria-t-il. Retournez auprès de ma femme, et tâchez qu'elle ne prenne pas froid.

Dans la grotte, Hector s'assit près d'Estelle. Au bout d'un silence, il osa s'emparer d'une main qu'elle ne retira pas. Elle regardait au loin. Le crépuscule tombait, une poussière d'ombre pâlissait peu à peu le soleil mourant. À l'horizon, le ciel prenait une teinte délicate, d'un violet tendre, et la mer s'étendait, lentement assombrie, sans une voile. Peu à peu, l'eau entrait dans la grotte, roulant avec un bruit doux les graviers transparents. Elle y apportait les voluptés du large, une voix caressante, une odeur irritante, chargée de désirs.

— Estelle, je vous aime, répétait Hector, en lui couvrant les mains de baisers.

Elle ne répondait pas, étouffée, comme soulevée par cette mer qui montait. Sur le sable fin, à demi couchée maintenant, elle ressemblait à une fille des eaux, surprise et déjà sans défense.

Et, brusquement, la voix de M. Chabre leur arriva, légère, aérienne.

— Vous n'avez pas faim ? Je crève moi ! Heureusement que j'ai mon couteau. Je prends un acompte, vous savez, je mange les arapèdes.

— Je vous aime, Estelle, répétait toujours Hector, qui la tenait à pleins bras.

La nuit était noire, la mer blanche éclairait le ciel. À l'entrée de la grotte, l'eau avait une longue plainte, tandis que, sous la voûte, un dernier reste de jour venait de s'éteindre. Une odeur de fécondité montait des vagues vivantes. Alors, Estelle laissa lentement tomber sa tête sur l'épaule d'Hector. Et le vent du soir emporta des soupirs.

En haut, à la clarté des étoiles, M. Chabre mangeait ses coquillages, méthodiquement. Il s'en donnait une indigestion, sans pain, avalant tout.

6

Neuf mois après son retour à Paris, la belle Mme Chabre accouchait d'un garçon. M. Chabre, enchanté, prenait à part le docteur Guiraud, et lui répétait avec orgueil :

« Ce sont les arapèdes, j'en mettrais ma main au feu ! Oui, tout un panier d'arapèdes que j'ai mangés un soir, oh ! dans une circonstance bien curieuse… N'importe, docteur, jamais je n'aurais pensé que les coquillages eussent une pareille vertu. »

Table des matières

www.grandsclassiques.com

ISBN ebook : 9782512008712

ISBN papier : 9782512009917

Dépôt légal : D/2018/12603/178

Couverture : © Hélène Massart

Conception numérique : Primento, le partenaire numérique
des éditeurs